U0916505

蓝哈欠和绿哈欠

王梓烨　著

浙江少年文学新星丛书·第五辑

海飞　主编

四川大学出版社

责任编辑:李金兰
责任校对:段悟吾
封面设计:天恒仁文化传播
责任印制:王　炜

图书在版编目(CIP)数据

蓝哈欠和绿哈欠 / 王梓烨著. —成都：四川大学出版社，2018.11
（浙江少年文学新星丛书. 第五辑）
ISBN 978-7-5690-2575-0

Ⅰ.①蓝…　Ⅱ.①王…　Ⅲ.①诗集-中国-当代　Ⅳ.①I227

中国版本图书馆 CIP 数据核字（2018）第 273755 号

书名　**蓝哈欠和绿哈欠**

著　　者　王梓烨
出　　版　四川大学出版社
地　　址　成都市一环路南一段 24 号 (610065)
发　　行　四川大学出版社
书　　号　ISBN 978-7-5690-2575-0
印　　刷　三河市嵩川印刷有限公司
成品尺寸　145 mm×210 mm
印　　张　7
字　　数　137 千字
版　　次　2018 年 12 月第 1 版
印　　次　2020 年 10 月第 2 次印刷
定　　价　35.00 元

◆读者邮购本书,请与本社发行科联系。
电话:(028)85408408/(028)85401670/
(028)85408023　邮政编码:610065
◆本社图书如有印装质量问题,请寄回出版社调换。
◆网址:http://press.scu.edu.cn

王梓烨

一名二年级小学生
有一颗浆果一样的心

2009年9月11日的早晨，我来到了这个美妙的世界，有了自己的名字——王梓烨。

我先后就读于彩虹幼儿园和宋诏桥小学。妈妈说我从小就好问，在一个个的疑问旅程中，我莫名其妙地就长到9岁了。

我爱看书、画画，爱写诗，我的习作、小诗和画作多次在各类报纸上发表，我是班级的优秀学生和学习之星，同学们都挺喜欢我的。《蓝哈欠和绿哈欠》是我的第一本诗集，希望大家在我的小诗里找到快乐、勇气和暖暖的爱。

8 岁的我

爱手工的我

爱山爱水的我

爱动的我

爱学习的我

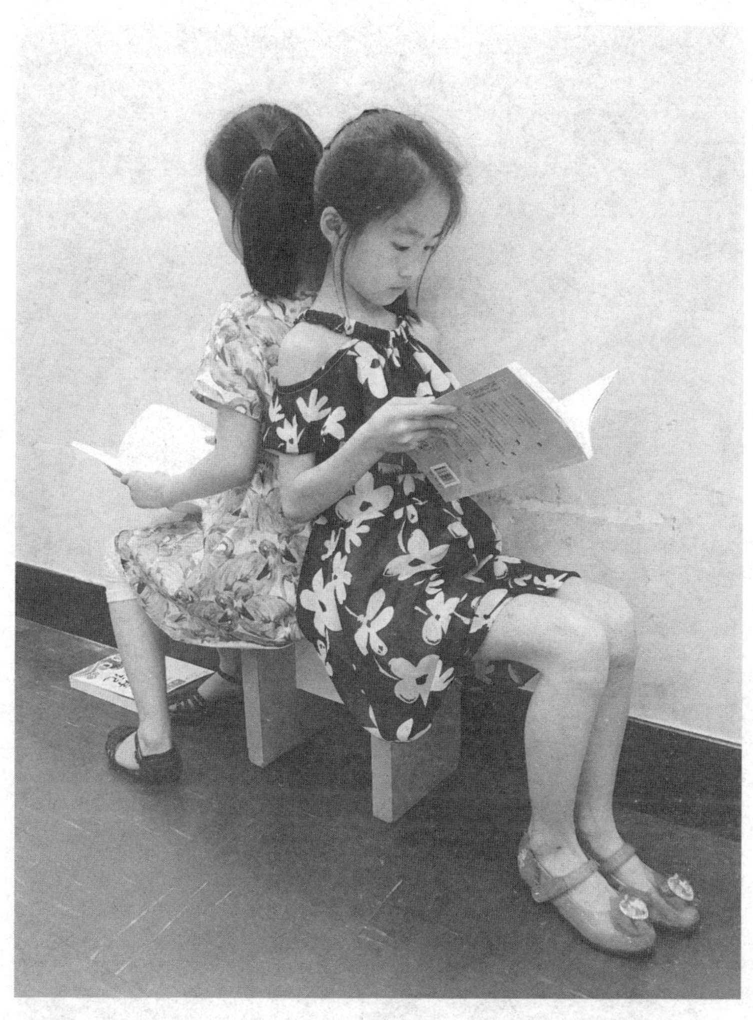

爱看书的我

淘气如我

爱祖国的我

爱幻想的我

个人作品

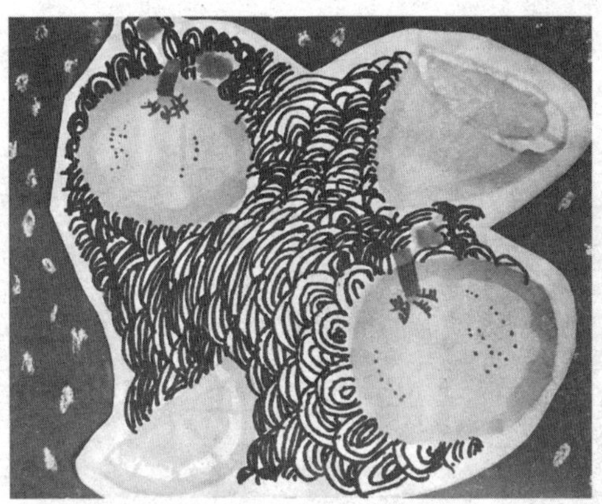

《橘子》

《胖鸟不能飞》

《牵手》

《看不见》

《尖尖的屋顶》

《万物有灵》

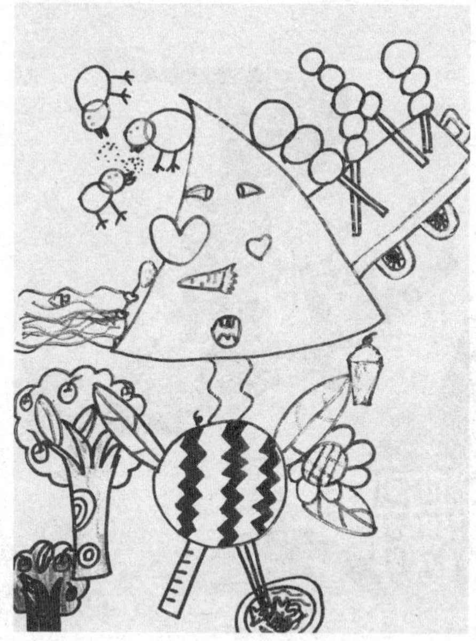

《爱的小脚》

《假期》

《做梦》

《异想天开》

《快乐》

《做梦》

父母寄语

还记得梓烨3岁时听我讲卡梅拉，一本书可以讲上10遍甚至20遍，当然她也能有模有样地把整本书背下来，但每次都会问我不同的问题，我想她是个爱思考的孩子。到后来她慢慢识字了，她会指出两个相似字的相同及不同之处，我想她是爱观察的孩子。再后来，我讲的故事她会给出不同的结局，我想她是个爱幻想的孩子。带着好奇，梓烨接触了儿童诗，畅游在诗歌的海洋中，时而俏皮，时而伤感，宣泄着自己的所有，用她独特的想法诠释世间万物，用她充满想象的文字刻画出一首首小诗，我想她有她的一片天地，爸爸妈妈愿她的小天地春暖花开，色彩斑斓！

序

从童诗里习得的品质

要说有什么可让人永葆童心，诗是其中一物。但，梓烨小姑娘今年才9岁，她写诗可不是为了保童心，仅仅因为快乐。这份来自文字的快乐，是糖果和游戏不能比拟的，它更轻快、更甜蜜、更持久。

我一直以为，孩子的诗会比大人写得好，大人写童诗，靠的是残存的童年力量，除了少有几位真正的童心大师，大多还是咬文嚼字，过分注重结构和意象，颇有卖弄造作之感。孩子的诗就不同了，像风，吹到哪儿就是哪儿，写什么就是什么，可爱就是真可爱，无聊就是真无聊。

梓烨接触儿童诗刚满一年，她第一次来我的诗歌课时，体形瘦瘦的，眉目清秀又格外腼腆，十分招人喜欢。我觉得眼前的小姑娘和我很像，往后，慢慢看到她对文字和诗歌的敏锐，她的想象力和属于孩子的思考，分外惊喜。

梓烨的诗很有魔力，诗行里藏着一头想象的“狮子”。例如这首《哈欠》：

天空说/昨天，我打了一个蓝哈欠/大地说/这不算什么/昨天，我打了一个绿哈欠

天和地似乎较上了劲，他们为自己哈欠的颜色感到自豪，多好玩！

若说想象是孩子的特权，那么这首《桌子和椅子》就站在了思想的帆船上：

桌子和椅子吵架了/一气之下　椅子出走了/桌子第一天觉得很得意/第二天觉得很自由/第三天觉得很无聊/到了第四天　它后悔了

亲爱的大人，这种感觉我们再熟悉不过。再如这首《一棵大白菜》：

小蚂蚁的眼里/它是一座白墙、青瓦的大房子/小蝴蝶的眼里/它是个绿色的花园/而在人类的眼里/它只不过是一棵普通得不能再普通的/大/白/菜

事物的价值规律如此简单！我们珍视的东西在别人眼里不值一提，但那又如何。当大人们觉得自己一无所知时，孩子已经开始思考生活，当大人们展示自己的童心时，孩子已经开始调侃我们啦。

除了想象和哲思，梓烨的诗歌里还有爱。《树上的猫》：

月光下的树爷爷安静地睡着了/微风吹过，飒飒　飒飒/树杈上有对骨溜溜转的黑眼珠/耳听八方　挥舞着前爪/树爷爷微笑着睡得更香了

还有这首《巧克力》：

外婆说　她喜欢吃甜食/可我从来没有看到她吃/我打开了一块巧克力/偷偷地掰下一小块/塞进了外婆的嘴里/外婆含着巧克力/默默地享受着

温情莫不如这般寂静。感谢梓烨用诗歌写下的光和热，我们可以从中习得一些珍贵的品质，如何爱，如何守候，如何追寻。

在此，祝慢慢老去的人有诗相伴，也祝梓烨在文学的怀抱中快乐成长。

姚丽

2018年5月30日

内容简介

诗集《蓝哈欠和绿哈欠》共收录了一百多首小诗。诗集内容丰富，在第一章自然之音中，收录了关于大自然的诗篇，用诗的眼睛去看晚霞、雾、雪、闪电。第二章万物有灵中，也是对生命的体察，身边的万物皆有生命，锅里的鱼、水里的鱼都有话说，一块橡皮、一张桌子，都有自己的喜怒哀乐。第三章成长的烦恼，则是一个9岁女孩在慢慢长大的过程中遇到的小小烦恼，关于挑食、写不完的作业、沉重的书包等。第四章异想天开中，则是另一种味道，像一个奇妙的梦境，小女孩用自己的方式思考一支口红、一个苹果。第五章爱的小脚是充满温度的，父母的爱、老师的爱、同学的爱、陌生人的爱交织在一起，书写了我们内心深处最柔软的部分。

第一章　自然之音

第二章 万物有灵

第三章　成长的烦恼

第四章 异想天开

第五章　爱的小脚

第一章

自然之音

哈欠

天空说
昨天，我打了一个蓝哈欠
大地说
这不算什么
昨天，我打了一个绿哈欠

风

呼呼　妈妈　是谁在树叶间散步
哗哗　妈妈　是谁在跟鱼儿嬉戏
咦　妈妈晒的衣服不见了
哦　原来是
天空伸出了一只小手

雨

春天的雨　珍珠般落下　小花小草们捡了宝贝
夏天的雨　倾盆般落下　小青蛙们吓破了胆
秋天的雨　眼泪般落下　树叶们折断了腰
冬天的雨　羽毛般落下　孩子们摔疼了屁股

雷

天空中
出现了一个超人
它威力无穷
就是不会
躲猫猫

电

这是一种食物

灯泡吃它
风扇吃它
冰箱吃它
影院的爆米花
还要吃它

雾

你近在眼前
又远在天边
你神秘无比
很快　消失不见

雪

雪精灵来到人间
拿出她的魔法棒
点点小树　点点房屋
点点汽车　点点小草
偶尔会有失灵的时候

冰雹

妈妈的汽车
被砸了一个窟窿
她却以为
这是哪个调皮孩子的杰作

冰雹

一个个白色的小面包
落下来　真好吃
一颗颗透明的弹珠
跳下来　为我起舞
一只只白色的小兔
蹦下来　可爱极了

冰

屋檐垂下的
冰柱
晶莹剔透
似水晶
似珍珠
似美玉

太阳

它
是
一
个
大火球

它
是
一
个
生
气
的
老爷爷

星星

星星

对我说　你想来天上吗？

我说　不

我怎能离开我的妈妈！

深夜

星星　又对我说

你想跟我一起玩吗？

我说　不

我怎能离开我的妈妈！

星空

星空是不是很大

但是我们每次看到它
都会觉得它小

因为它
躲在圆圆的望远镜筒里

月亮

中秋那天，小老鼠说
我要吃掉月亮
过了一会儿
月亮弯了
人们大惊小怪！

麻花

哦，天上挂了一个
打结的
月亮

白云和乌云

一辆白色汽车与一辆黑色汽车
见面了
白色汽车说让开
黑色汽车说让开
哦　不
天空便变成斑马

日

如果少吃一餐它就是口
如果多吃一餐它就是目
如果一下子吃了两餐
它就是早

天空

天空冻住了
白云无法动弹
天空冻住了
星星只能眨眨眼睛
天空冻住了
只有月亮还能露出笑容

台风

人类乱扔垃圾
台风生气了
人类破坏环境
台风生气了
人类猜不透
台风怎么经常生气

彩虹

小红起得最早
小橙和小黄　争争吵吵
小绿　揉揉眼睛
小青　打着哈欠
小蓝和小紫　慢吞吞地来了

彩虹

巨人的
棒
棒
糖

太阳雨

太阳跟雨吵架了
太阳来了
雨就走
雨走了
太阳就来
突然有一天
他们终于和好了

阳光

阳光是一种力量
让你甩掉烦恼
阳光是一种智慧
让你聪明无比
阳光是一种盼望
让你盼望家人　盼望朋友

晚霞

太阳公公不肯跟我们再见
于是
它想了个办法
化作晚霞
我们可以久久地看着它

春天骗子

她

对雪花说　快回家　妈妈在找你

对冰块说　快回家　该吃饭了

对寒风说　快回家　该看书了

夏天

它把长发分给了柳树

它把歌声分给了金蝉

它把热

留给了所有人

秋天

秋姑娘来了　秋姑娘来了
落叶拉着她去游玩
秋姑娘来了　秋姑娘来了
她带着秋风妹妹荡秋千
秋姑娘来了　秋姑娘来了
她和水果姐姐们跳进篮子里
秋天来了

冬天

雪纷飞　树叶落
我们大家来取暖
暖暖手　暖暖脚
一起出来堆雪人
挂灯笼　贴春联
喜气洋洋过新年

冬天怕怕

冬天的枯树　张牙舞爪
放眼望去，像只怪物

那可怜的流浪仓鼠
冷得瑟瑟发抖
远远地望着怪物
轻喊着
怕怕，怕怕

四季的脚步

你看，一只蝴蝶　在花海中飞舞
那是春天的脚步

你听，满树的绿叶　沙沙响
那是夏天的脚步

你看，满地的稻子　金灿灿
那是秋天的脚步

你听，一阵北风　呼呼响
那是冬天的脚步

四季的开关

春天的开关
是青草　也是迎春花

夏天的开关
是雨后美丽的彩虹　也是知了的叫声

秋天的开关
是小麻雀南飞的地方　也是丰收的果实

冬天的开关
是大雪纷飞的夜晚　也是欢快的圣诞节

落叶

一只只小鸟
从树上飞下来
它们要去远方安家
离开故乡

海

她有时是个恶魔
会吃人

她有时又是个温柔无比的妈妈
会疼人

第二章

万物有灵

桌子和椅子

桌子和椅子吵架了

一气之下　椅子出走了

桌子第一天觉得很得意

第二天觉得很自由

第三天觉得很无聊

到了第四天　它后悔了

盘子

这个贪吃鬼
早上吃小米粥
中午吃红烧鱼
晚上又喝了一大碗排骨汤

筷子

每个人家里都有双胞胎，还不止一对呢
他们有的长
有的短
有的黑
有的白
你们猜，他们是谁

平底锅

贪吃是它最大的特点
不怕烫　不怕水
总是把它不吃的东西
留给我们

“子”

椅子是桌子的儿子
凳子是椅子的孙子
桌子是凳子的老子
这层关系
永远说不清

路灯

路灯好困
好困

但是它不能睡

路灯好累
好累
但是它还得坚持

滴滴叭叭

“滴滴”是谁在说话呀?

哦!

是小汽车

“叭叭”是谁在说话呀?

哦!

是公交车

嘻嘻哈哈

嘻嘻是妈妈的口头禅
哈哈是爸爸的口头禅
嘻嘻哈哈　就是我的全部

尾巴

燕子的尾巴像剪刀
咔嚓　咔嚓
小狗的尾巴像绳子
绕啊　绕啊
我们的尾巴　像……
等等，我们没有尾巴

含羞草

这个小姑娘
一点都碰不得
不信　你试试
一碰她就羞死了

牵牛花

她总是在不经意间被人发现
有时在小径旁
有时在田野里
有时在花园里
她时而洁白
时而红艳
时而蓝魅

银杏叶

秋天到了
扇子　掉在地上
她有着满头的黄发
棕色的外衣
在土地里　一动不动
美丽的她
蚂蚁、蜘蛛、蝴蝶
都来捡她掉落的扇子

橘子

一个个橘子
躺在桌子上
它或许是个瓶子　里面住着白衣天使
它也许是个毛毛虫的窝
也许是花朵里的一片花瓣
也许是海洋里的一条小鱼
也许是桌子的一角
也许是图书馆里的一本书
再也没有谁比它更多变

小河穿鞋子

小河有很多的鞋
活泼的小鱼　就是运动鞋
沉着的老龟　就是皮鞋
跳蹦的小虾
那是小河穿了凉鞋

别过来，亲爱的

——写给鳄鱼的诗

别过来，亲爱的

离我远点

快离我远点

别让你的牙齿碰到我的长耳朵

现在我太瘦

再等一年

两年

三年

别过来，亲爱的

月亮生孩子

月亮生孩子了

月亮生孩子了

这个消息从世界的东边传到西边

她生的孩子

有大　有小

有明　有暗

一群可爱的孩子

苹果

她的脸红红的　胖胖的

应该要减肥喽

一个月过去了

她减肥成功了

但是　她被丢进了垃圾桶

橘子

橘子小姐的名气总是没有橙子高

橘子小姐很生气

她决定靠自己战胜橙子

她成功了

她成了昂贵的丑橘

榴莲

一个个小刺猬
躺在桌上
趴在汽车上
躲在冰箱里
闻起来很臭，吃起来却很香
人们都说
这叫“榴莲”忘返

一棵大白菜

小蚂蚁的眼里
它是一座白墙、青瓦的大房子
小蝴蝶的眼里
它是个绿色的花园
而在人类的眼里
它只不过是一棵普通得不能再普通的
大
白
菜

锅里的鱼

因为前天在市场里

昨天就在篮子里

因为昨天在篮子里

今天就在锅里

因为今天在锅里

明天就应该在人的身体里了吧

水里的鱼

我是活蹦乱跳的鱼
每天我都要和小虾们做游戏
跟乌龟们赛跑，跟海草们跳舞
如果没有人类
我们将继续幸福地生活着……

天上的鸟

咦　是谁在天上写了个“一”

咦　又是谁在天上写了“十”

呀　怎么还会写“大”

我要再等等

看看接下来会出现什么字

树上的猫

月光下的树爷爷安静地睡着了
微风吹过，飒飒　飒飒
树杈上有对骨溜溜转的黑眼珠
耳听八方　挥舞着前爪
树爷爷微笑着睡得更香了

谎话

老鼠说
昨天我吃了
一头狮子

鸡蛋

黄黄的　圆圆的
蒸一蒸　就成了蛋羹
煮一煮　就成了鸡蛋小偶人
炒一炒　就成了美味的菜肴

颜色

蓝色　像大海
世界的第一天　它就出现了
绿色　像大地
世界的第一天　它同样也出现了

喷泉

你以为喷泉都是人造的吗?
你错了　鲸鱼就是海洋的喷泉
池塘里的青蛙就是森林的喷泉

十

十个人

二十只眼　十张嘴　二十只耳朵

十个头

二十双腿　十个心脏　二十只手

土豆

一个个
小黄人
搬进了土里
一块块
金子
被人遗忘
总有一天那人会来找它

竹筏

从前只有竹筏
后来有了电动阀
再后来有了小船
再后来的后来是豪华游轮

竹筏慢慢地消失在人们的视野中

新华词典

我是一本新华词典
欢迎来到我的世界
近义词是一对好朋友
他们手拉手　一起走
反义词是一对敌人
他们见了面就　碰　碰　碰
多义词是个会分身的孩子
一见到敌人　就会分身
多音字是个调皮的孩子
常常把自己的声音变得　怪模怪样
成语是个聪明的孩子
我的身体里　他最聪明
拟人　比喻　对偶是个有趣的孩子
喜欢跑到文章姐姐的肚子里

笔

它站在房间
对我说
快写日记
它站在学校
对我说
快来阅读
它站在海边
对我说
快到海里去

书

它是太阳的笑容
挂在天空　闪闪发光
它是黑暗中的一道光
飞过黑暗　走向光明
它是我们的好友
无聊时　拿起书
乐趣向你跑来

橡皮

请仔细看橡皮

她正在

减肥呢

橡皮

真不该当一块橡皮
因为我被主人擦得太小了
铅笔一开始
说我太胖
现在
又嫌我太瘦
真的太委屈了
下辈子我再也不做
橡
皮
了

蜻蜓

它飞到了

小姑娘的头上

成了蝴蝶结

窗外

春天　窗外　生机勃勃　鸟语花香

夏天　窗外　烈日炎炎　骄阳似火

秋天　窗外　秋高气爽　金风玉露

冬天　窗外　天寒地冻　滴水成冰

西瓜

西瓜是个很奇怪的人
他很胖
正和我相反
他在大夏天
会穿上厚厚的大衣
难道他不热吗？

纸

咔嚓

咔嚓

蝴蝶就展开了翅膀

舌头

一条蛇
跑进跑出

瞧
还会把自己卷起来

真顽皮

大棉袄

羊妈妈
爬上天梯
摘下云朵
从此他们有了
大棉袄

牙齿

我问牙齿
你被虫子咬的时候
痛吗

牙齿反问我
你是一个好孩子
还是坏孩子
你知道怎么刷牙吗
你会保护我吗
你早上想我，晚上也会想我吗

这么多问题……

从此
我再也没有问过
牙齿任何问题

电熨斗

一艘小船
冒着缕缕白烟
渐渐行驶在
蓝色的大海中

大海的波浪被她抚平
留下平静的海面

小船慢慢地靠岸
爸爸终于能穿上
整洁的衬衣了

电视机

电视机高兴　给我看了喜剧
电视机伤心　给我看了悲剧
电视机很无聊　给我看了雪花
吱吱　吱吱
……

碗

夜深了
静悄悄
厨房里开起了聚会

原来是汤碗小姐的生日

大大小小的碗纷纷为她送上生日祝福

雨伞

一把破旧的雨伞
被丢弃在墙边
伞柄无奈地摇摇头
又下了一阵雨
雨伞吃饱了雨
小青蛙跳了进来
雨伞成了
小青蛙的池塘
小青蛙呱呱地唱着歌
雨伞终于露出了笑容

明天见

蝌蚪对小鱼说
明天比美大赛见咯
第二天
来的不是蝌蚪
而是青蛙

玫瑰花园

从前，有一只兔子

她有一个玫瑰花园

她精心浇灌，天天数她的玫瑰

哇，有100朵呢

一天

小刺猬借走了50朵玫瑰装饰教室

又一天

母鸡借走了10朵玫瑰打扮自己的尾巴

又过了几天，熊太太借走了39朵玫瑰

唔，我只有一朵了

兔子把这朵玫瑰花放在瓶子里，看着它

第二年春天

花园里又长满了玫瑰花……

第三章

成长的烦恼

儿子和女儿

从前有一个儿子　他是太阳的儿子
没错　就叫月亮
月亮结了婚　生了很多女儿
没错　她们是星星

长大

妈妈说　你慢点长大
爷爷说　你快快长大
爸爸说　你长得好快
奶奶说　你快点长大
我到底该怎么长？

换牙

一颗牙齿拼命地摇晃
他不想做口中之蛙
他想去外面的世界看看
因此他不停地反抗
终于
他落下来了
逃出了口
他的未来变成了未知

生日

太阳的生日　是十月一日
月亮的生日　是八月十五
星星的生日　是七月七日
我们的生日　是六月一日

挑食

快吃青菜　你不可以挑食

快吃萝卜　这个对身体好

快吃番茄　多吃会聪明的

衣服变小了

我可不要变胖

我是不是该减肥了

咦

不对

好像是衣服变小了

昨天的小鞋子

昨天的小鞋子
静静地躺在角落
只有蜘蛛跟它聊天
只有蚊子捉弄着它

作业

是谁发明了这两个字
为什么要发明它
如果可以　我希望它快点消失

试卷

“秦始皇是什么时候出生的”

不会

“外太空有什么”

好难

这回要完蛋了吧

这最后一行是什么？

“只需要写名字”

哈哈

考试

第一次参加考试　我紧张
第二次参加考试　我兴奋
第三次参加考试　我期待
第四次参加考试　我放松
第五次
第六次……
还没完没了了

健忘症

“洗脸了吗？”

“赶紧！”

过一会儿

“洗脸了吗？”

“快点！”

于是　我又洗了一遍

上课和下课

“叮咚”
上课了
同学们　昏昏欲睡
“叮叮”
下课了
同学们　蹦蹦跳跳

一只断的铅笔

一只断的铅笔

躺在角落

我不知道　它是什么时候断的

大概是昨天?

上周?

也许是　更久以前

大肚子

语文书

数学书

作业本

铅笔盒

水杯

我的大肚子无所不能

做梦

软软的　甜甜的

我这是在哪儿呢

轻轻地　小鸟跟我说早安

云也开口说话了　你睡得好吗

懒觉

好想睡会儿懒觉
可是闹钟生气了
好想睡会儿懒觉
可是妈妈咆哮了

书包好重

书包好重　好重　好重
就像装了几百块大石头
就像被水泡过的海绵
书包真的好重

鞋子

很高很高的鞋子
就叫
高跟鞋

困

眼皮在打架了

耳朵也罢工了

脑袋垂下来了

烦恼

烦恼说　我赖上你了
高兴说　你不许欺负他
烦恼说　你看，他就是喜欢我
高兴说　你太自恋啦　他喜欢的是我

同桌

“过得好吗？”

“一切安好！”

“你确定？”

“没错！”

“千真万确？”

“嗯！”

“你考了20分！”

“哦……”

姐姐

我常常问妈妈
你能给我生个姐姐吗
妈妈总是会笑我傻
因为姐姐给我的感觉真的太好了
她笑我也笑
一起玩耍　一起学习　一起分享
我真希望　有个姐姐

粗心

粗心是什么
妈妈总说我粗心

写的字少了一笔
算的式看错了数字
早上忘记戴红领巾了

可是
我也不喜欢粗心
你能让她离我远点吗?

妈妈生气了

书包里翻出来一个烂苹果
妈妈生气了

没好好做作业
妈妈生气了

偷偷看电视
妈妈生气了

妈妈你等等我
等我慢慢长大
不再惹你
生气

假期

如果我可以有一个假期
可不可以　是很久很久

我想去海边　听听大海的声音
我想去森林　看看森林的动物
我想去天空　自由自在地飞翔

给我一点时间

当你没做完作业时
你总会说
给我一点时间

当你还没玩够时
你总会说
给我一点时间

可是
我去哪里要时间

第四章

异想天开

电线杆

电线杆工作了好多年
为夜行人指路
他想偷懒
趁着夜黑
他拔地而起
身上的线劝他　不要离开
但是他不听
还是跑了出去
突然　被石头绊倒了

烟

白烟很骄傲
因为它全身雪白
像天上的白云

黑烟很苦恼
因为它全身发黑
像发霉的面包

但是白烟的心很黑
黑烟的心却很白

尖尖的屋顶

尖尖的屋顶对圆圆的屋顶说：

“你看，我多漂亮，他们都在拍我呢。”

圆圆的屋顶不服气：

“我比你更漂亮，你看那人手里的明信片上是我。”

尖尖的屋顶气得冒烟了

护手霜

面霜觉得自己很高贵
于是看不起护手霜
每次都嘲笑它
面霜坐在精致的沙发上
护手霜则躺在地上
主人来了
她拿起护手霜
要带它周游世界

口红狂想曲

口红小姐们开派对
主持人当然是红口红
谁让她最受欢迎呢
粉口红登场了
一曲《红粉色的回忆》
观众掌声连连
紫口红来了一段模特表演
让人移不开眼
黑口红的鬼步舞
让人赞叹不绝
绿口红表演了一场魔术　精彩绝伦

颜色打架

春天，黄色和蓝色打架了，成了绿
夏天，红色和黄色打架了，成了橙
秋天，橙色和白色打架了，成了橘
冬天，红色和蓝色打架了，成了紫

钟

滴答，滴答，滴答
滴答，滴答，滴答……
永远停不下

手表

小兔捡到一块手表
滴答　小兔吓了一跳
会爆炸吗
小兔赶紧扔了手表
小鹿捡到了手表
滴答　小鹿惊了一下
会说话吗
小鹿仔细研究
发现手表会动
好奇的小鹿把手表带回了家
聪明的妈妈告诉她　这个是手表

我有一枚针

我有一枚针，是梦想针，它可以帮人实现梦想

我有一枚针，是回忆针，它可以帮人回忆美好

我有一枚针，是时间针，它可以帮人去往任何时刻

会飞的苹果

你知道苹果里住着谁吗？
让我来切一刀
飞出了一只翩翩起舞的蝴蝶

胖鸟不能飞

我是一只胖鸟
因为太胖　根本飞不起来
我不知道　天有多大　多高
也不知道云有多白
但我知道　总有一天
我一定能飞起来

游泳

一条鱼　学会了游泳
但它只会一个姿势　只会往前
一条鱼　一直往前游着
但它突然发现了敌人，危急时刻
突然学会了掉头
一条鱼　开心地一直掉着头游

长满植物的头

头上长满黑玫瑰的人
就可以知道　她是个高冷的人
头上长满柳枝的人
就可以知道　她是个很细心的人
头上长满大树的人
就可以知道　她是个强壮的人
头上长满四叶草的人
就可以知道　她是个运气很好的人

不会发光的太阳

“天哪，太阳老兄，你怎么了？”
是被云朵偷走了吗？
被天空借走了？难道送给金子了？
“哎，我的光都用完了，还是你帮我接班吧。”

哎呀

哎呀！冬天发芽了

小小的耳朵伸出来了

该不会是那个小雪球吧

哎呀！大大的屁股也露出来了

该不会是那火炉吧

哎呀哎呀！

不好啦

她的小手碰到我的眼睛啦

捉迷藏

人跑步之后汗跑了出来

它要和扇子玩捉迷藏了

扇子开始数数：1、2、3……

咦　汗藏到哪里去了

原来

汗又回到主人的身体里去了

我想变成一朵花

我想变成一朵花

开心时

绽放

不开心时

枯萎

身体里的宝石

一颗颗的宝石　掉进了我的身体里
变得金光闪闪　成为明星
所有的萤火虫　都围着我转圈
在黑暗的地方　只要有我走过
都会闪亮起来

米

如果我问　米的妈妈是谁
你肯定会回答　还是米
不不不
你错了
是花
因为花生米

面条

一条蛇　放在水里
就成了面条
现在　你还敢吃
面条吗

球

一个乒乓球　长满了羽毛
它是什么　它是怪物吗?
哦，它是个羽毛球
一个蛋黄　还有一道裂缝
它是什么　它是一个魔鬼吗?
哦，它是一个乒乓球

柠檬

如果你吃进一个小小太阳
你的心
就会很酸

分离

天和地
分离了
从此　谁也不能跟谁说话

很不一样

2018年

窗外高楼大厦　汽车开满街头

2030年

窗外立起500多层的大楼

2035年

有人喝了隐形药水　不见了

2050年

一只蛤蟆开口说话：“不一样了，真不一样了。”

我想变

我想变
变成一朵花
开心时　绽放
不开心时　枯萎

我想变
变成一条鱼
开心时　看看世界
不开心时　流泪

擦天空

我对星星说：

天空脏了

发黑了

快擦擦

呼——

天空变成了闪闪发光的

金子

东风炒青菜

先到山上找一些东风
藏在瓶子里
在烤箱里加热，再拿出青菜
切成小片
加上糖
再来点云朵妈妈那里拿来的仙水
拌在一起
拿出瓶子里的东风散在青菜上
挑一个美丽的盘子
香喷喷、热乎乎的东风炒青菜就出炉了
啊！
太美味了！

蛀牙

哎呀
牙齿好痛

细菌来了
它在牙齿上
洒了生锈剂

小水滴旅行记

小水滴来到了花朵乐园
花朵们用香甜的花蜜招待她

小水滴来到了稻田农场
稻穗们为她表演了扭秧歌

小水滴来到了绿色大草原
羊群们争相为她唱歌

小水滴来到了蔚蓝色的大海
海爸爸收留她
给她一个温暖的家

兔子楼

住在一楼的灰兔
在院子里种下了葫芦
葫芦藤爬呀爬，爬到了二楼

住在二楼的白兔
在阳台上种下了青瓜
青瓜藤爬呀爬，爬到了三楼

住在三楼的黑兔
在阳台上种下了葡萄
葡萄藤爬呀爬，爬到了四楼

住在四楼的粉兔
在阳台上种下了玫瑰花
玫瑰花藤爬呀爬，爬到了五楼
……

眼泪

工厂的烟囱　向蓝色的天空
放着毒气

路上的汽车　向蓝色的天空
喷洒尾气

灰色的天空伤心地
流下了眼泪

白衬衫

白衬衫上开了一朵红花
白衬衫上开了一朵蓝花
白衬衫上开了一朵绿花
白衬衫上开出了五颜六色的花儿
漂亮极了
白衬衫终于能回到小主人的怀抱了

未来世界

嘀铃铃　我醒了
房间的灯关了
空调自动调温
机器人送来了衣服
还准备了早饭
汽车已经乖乖在等我了
跟我说声早安
他就开工了
只需要告诉他目的地
他便行驶在蓝色天空中

一滴雨来敲门

雨伯伯问小雨滴们
“你们想去哪里呀？”
雨滴们争先恐后
想去江、河、湖、海的家
只有一滴雨滴小声地说：
“我想去玫瑰姐姐家里。”
风伯伯听了
微微一笑
把他们送到了它们各自想去的地方
小雨滴敲开了玫瑰姐姐的门

他们玩了好久
好久
累了
终于在玫瑰姐姐家里
睡着了
……

爷爷的小菜园

红裙女孩
展示着她雪白的皮肤

铅球躲在泥土里还不肯出来
玉米还穿着厚厚的棉衣

舞蹈家们穿着紫色套装正准备表演

地球上最后一滴水

上帝说：
“给我用吧！
我是世界的发明者。”

公主说：
“你不是发明者吗？
为什么不发明水呢？
还是给我用吧！”

上帝说：
“发明水也需要这最后一滴水！”

公主说：
“快给我，我还要去参加比美大赛呢！我可不希望我的脸干干的。”

上帝说
“人们都渴死了
谁和你比赛啊！”

公主说
“这个嘛……
嘻嘻……”

第五章

爱的小脚

身体里的怪东西

妈妈的身体里
藏了菜谱
总是做出美味的菜

爸爸的身体里
藏了瞌睡虫
成天呼呼大睡

我的身体里
藏了音乐书
没事就唱歌

抽烟

妈妈说　爸爸十年前爱抽烟
但我从未看到他抽烟
这是为什么
是妈妈撒谎了吗

鱼刺

调皮的鱼刺
钻进了我的喉咙
妈妈着急得像热锅上的蚂蚁

妈妈的时间

时间都去哪里了
我还没梳头呢
我还没挑衣服呢
我没时间坐下来吃饭啦
妈妈的时间被谁偷走了呢？

我家的餐桌

我家的餐桌

吃

收

擦

生气的妈妈

生气
生气的妈妈　身体冒着烟
生气的妈妈　全身冒着冷气
生气的妈妈　脸红像关公
我一定要在每年的生日
默默地许下心愿
不让妈妈再生气

口头禅

你今天开心吗？

学校里有开心的事情吗？

说说好玩的事情吧？

有没有什么好消息要告诉妈妈？

我家是个动物园

这是我
其实呢　我是一只小白兔
因为我全身雪白雪白
这是我妈妈
其实呢
她是一只白鸽
她天天要送信
这是我爸爸
他是一只猪
他天天不吃早饭
因为他天天睡到大中午

妈妈

天堂在哪儿
伤心时
天堂就在妈妈的怀抱里

爸爸

他是一棵
参天
大树

笑脸

一张张笑脸　挂在太阳上　躲在月亮里
妈妈　难道它是宇宙的宝宝
一张张笑脸　跟蝴蝶玩耍　给花儿讲故事
难道它是自然的宝宝
一张张笑脸　在脸蛋绽放
孩子　那就是你的笑容

布妈妈

条纹布
圣诞布
田园布
纯色布
布妈妈有很多很多的布

她用布给妹妹做了祖母被
做了小背包
做了小衣服

把妹妹的画做成布画

布妈妈
很爱
妹妹

妈妈要远行

青蛙妈妈要远行
小青蛙　舍不得
妈妈还有十天就要出发了
还有九天
还有八天
……

好快啊
妈妈就要远行了

不爱我

妈妈很生气
头也不回
扔下我就走了
她一定不爱我了

妈妈
不再爱我了

任凭我哭喊
妈妈都没有回头
还跑得越来越快

我是不是太调皮了
才把自己的裤子弄脏

这下

妈妈真的不要我了

我深深地低下头　看着水坑

水坑里怎么有气喘吁吁的妈妈

和一条

干净的裙子

海浪

如果周一
你见到海浪
那就是它在对你笑
如果周二
你见到海浪
那就是它说：你长得漂亮
如果周三到周日
你见到海浪
那它就会说：
明天会更好

我的语文老师

我的语文老师　既漂亮　又温柔　还有趣
在她的课上　没有一个同学不听
更没有一个同学做小动作
哈
你们肯定没有这样的老师

特别的她

她长着大大的眼睛
大大的鼻子
大大的耳朵
大大的嘴巴
大大的脸
大大的手
大大的脚
还有大大的……酒窝

爷爷

白发苍苍的是圣诞爷爷
手拿彩蛋的是兔爷爷
陪我们度过美好童年的
是我们的爷爷

灰汁团

我是白雪公主

爷爷是什么呢

爷爷那么黑

爷爷　那你就是灰汁团

好呀　好呀　爷爷就是灰汁团

你就是我家的白雪小公主

牵手

秋风和叶子
手牵手　飞到南方　环游世界
春雨和小花
手牵手　飞向森林　体验自然
太阳和云朵
手牵手　飞向学校　给我们温暖

被子

树叶是蚂蚁的被子　带给它温暖
小河是金鱼的被子　带给它生命
被子　让我们如同婴儿般
被保护着，被温暖着
陪我们度过每一个寒冷的夜晚
赶走我们的孤单和害怕

外表

妈妈找了个宾馆
外面破破旧旧
我怨声不断

妈妈说
不要光看外表

果然
房间很漂亮
远远超过它的外表

我是一棵树

我是一棵很小很小的树
但在蚂蚁看来
我是一座大得不能再大的房子

我是一棵很小很小的树
但在小鸟看来
我是一块大得不能再大的草坪

我是一棵很小很小的树
但在蝴蝶看来
我是一把大得不能再大的伞

小小的我

灯泡的光芒是小小的我
闪闪亮亮
照在你的眼睛里
成了一条小河

荷叶的露珠是小小的我
晶莹剔透
躺在大大的绿床里
成了一滴眼泪

电影

《疯狂动物城》有伤害　但也有快乐
《三傻大闹宝莱坞》有愉快　但也有忧伤
《红海行动》有血腥　但也有胜利
电影
总是把事情分成两半说

快乐

快乐像一只小鸟　自由自在飞在天空
快乐像一朵小花　美丽无暇绽放精彩
快乐像一朵白云　随心所欲飘在天空
快乐就在你眼前
你不必天涯海角去找它
快乐就在你的眼前

家

天空是白云的家
草丛是蝴蝶的家
太阳是彩虹的家
杯子是水的家
床是棉被的家
书架是书本的家
海洋是小鱼的家
花园是花朵的家
我们是祖国的花朵
祖国就是我们的家

看不见

她静静地

坐在窗边

听到哗啦哗啦的声音

问　妈妈那是什么?

她听到嘎嘎的声音

又问　妈妈那是什么?

她听到噼噼啪啪的声音

又问　妈妈那是什么?

她听到嘀嘀的声音

又问　妈妈那是什么?

可她什么也看不见……

窗外

我看着窗外　窗外树叶碧绿　河水清澈

我看着窗外　窗外树叶发黄　河水浑浊

我看着窗外　窗外树叶落光　河水也变干了

看着窗外

一只小鸟　看着窗外
花红柳绿　它多么想去窗外看看

一朵玫瑰　看向窗外
大雪纷飞　它多么想去窗外看看

蜡烛

老师在案台前改作业
蜡烛悄悄地来到她身边
一口吃掉了自己的头

妈妈在书桌前看书
蜡烛轻轻地来到她身边
一口吃掉了自己的身子

爸爸埋头躲在一堆文件里
蜡烛慢慢地来到他身边
一口吃掉了自己的腿

现在　只有一摊水
没有了蜡烛

皱纹

是蜘蛛
在妈妈的额头
织了网吗？

还是蜈蚣
在爸爸的眼角
留下了痕迹？

巧克力

外婆说　她喜欢吃甜食
可我从来没有看到她吃
我打开了一块巧克力
偷偷地掰下一小块
塞进了外婆的嘴里
外婆含着巧克力
默默地享受着

亲吻

蜻蜓给露珠一个早安吻
刀叉给牛排好多午安吻
妈妈给我深深的晚安吻

微笑

太阳微笑时
会把大地每一寸烤热

月亮微笑时
会将月光洒满每个角落

我们微笑时
整个世界都会充满奇妙的声音

假如

假如你是一棵树
那我就是树上的小鸟
假如你是一片海洋
那我就是海里的水草
假如你是天空中的太阳
那我就是朵朵白云
不管假如你是什么
我都会在你的身边

疼

牙疼?
没关系
脚疼?
没关系
心疼?
我的小宝贝
你怎么了?

爱心手

公共汽车上一个阿姨没有带零钱
突然伸过来一只爱心手
轻轻的一声硬币声

马路边一位老奶奶过马路
缓缓地伸过来一只爱心手
老奶奶的微笑染红了夕阳

小哥哥骑着自行车摔倒了
很快伸过来无数双爱心手
小哥哥连声说谢谢

我望着自己的手
我也会拥有一双爱心手

我的家

我的家
有花
有草
有桌子
有沙发
还有香蕉的叮咛
在灯光下嬉戏

后记

我是谁？谁是我？

“我是谁？”“为什么你们生下来的是我而不是别人？”我问过大人许多问题，估计跟天上的星星，地上的蚂蚁一样多了吧。可惜，很多问题的答案需要我自己去发现。比如，说我是爸爸妈妈捡来的，我当然不信，他们给了我一个名字，一个让我困扰的名字——王梓烨，名字的由来也得我自己去弄清楚。

我喜欢静下心画画，每画一张我都幻想着自己是个伟大的设计师。我喜欢快乐地唱歌，热衷于各种手工、跟好友游戏，当然了，看书必不可少。自从我接触了儿童诗，我感受到了它的美味，肯定不是音乐和画画能比拟的。二年级的我自然喜欢写短诗，最爱的还是三行诗，短短几句就能道尽一个人、一种物、一件事，真是不得了。

如果，你也喜欢我的小诗，我们一定会成为好朋友。

王梓烨